みんなと仲《なか》よくなる

菜《さい》根《こん》譚《たん》

愛知教育大学名誉教授／皇學館大学名誉教授
野村茂夫 監修

はじめに

今《いま》から400年《ねん》ほど前《まえ》、洪自誠《こうじせい》という人《ひと》によって書《か》かれた中国《ちゅうごく》の古典《こてん》が『菜根譚《さいこんたん》』だ。

古典《こてん》とは、古《ふる》い時代《じだい》に書《か》かれたもので、その内容《ないよう》のすばらしさから、長《なが》い間《あいだ》、読《よ》みつがれてきた名作《めいさく》のことをいう。

中国《ちゅうごく》の古典《こてん》には、道徳《どうとく》を説《と》いた『論語《ろんご》』などすばらしい作品《さくひん》が多数《たすう》あるんだよ。

『菜根譚《さいこんたん》』はどんなところがすばらしいのだろう。『論語《ろんご》』が「道徳《どうとく》の最高傑作《さいこうけっさく》」といわれるのに対《たい》し、『菜根譚《さいこんたん》』は、「処世訓《しょせいくん》の最高傑作《さいこうけっさく》」といわれている。「処世訓《しょせいくん》」とは、世《よ》の中《なか》をまちがいなく生《い》きていく教《おし》えのこと。器用《きよう》にうまく世渡《よわた》りをするということではない。

人《ひと》が生《い》きていくためには、いろいろな人《ひと》と付《つ》き合《あ》わないといけない。きみの周《まわ》りを見《み》ても、友《とも》だち、親《おや》、きょうだい、せんせい、近所《きんじょ》の人《ひと》たちなど、いろいろな人《ひと》がいるだろう。

そういった人《ひと》たちと上手《じょうず》に付《つ》き合《あ》い、仲《なか》よくすることは、人《ひと》としてとても大切《たいせつ》なことだ。いい人間関係《にんげんかんけい》は、きみの人生《じんせい》をとてもゆたかで楽《たの》しいものにしてくれる。いい人間関係《にんげんかんけい》をつくるために役立《やくだ》つのが、この『菜根譚《さいこんたん》』なんだ。

『菜根譚《さいこんたん》』には、いい人間関係《にんげんかんけい》をつくるために、人《ひと》としてどう考《かんが》えるべきか、どうふるまうべきか、といった日常《にちじょう》に役《やく》立《だ》つ知恵《ちえ》がたくさん書《か》いてある。いろいろな人《ひと》と仲《なか》よくなる知恵《ちえ》がたくさんつまっているので、『みんなと仲《なか》よくなる菜根譚《さいこんたん》』と名《な》づけた。この本《ほん》がきみのよりよい人間関係《にんげんかんけい》をつくることに役立《やくだ》つことを祈《いの》っているよ。

愛知教育大学名誉教授《あいちきょういくだいがくめいよきょうじゅ》
皇學館大学名誉教授《こうがくかんだいがくめいよきょうじゅ》　野村茂夫《のむらしげお》

本書《ほんしょ》の読《よ》み方《かた》

『菜根譚《さいこんたん》』には、人《ひと》にどう接《せっ》するべきかなど、よい人間関係《にんげんかんけい》をつくるヒントがたくさんある。読《よ》んだことを実践《じっせん》して、みんなと仲《なか》よくなろう。

1

みんなと仲《なか》よくなるには

2

「自分《じぶん》が自分《じぶん》が」ではいけないよ。友《とも》だちにゆずる心《こころ》を持《も》とう。

3

書き下し文

径路《けいろ》の窄《せま》き処《ところ》は、一歩《いっぽ》を留《とど》めて人《ひと》の行《ゆ》くに与《あた》え、滋味《じみ》の濃《こま》やかなる的《もの》は、三《さん》分《ぶ》を減《げん》じて人《ひと》の嗜《たしな》むに譲《ゆず》る。（前集《ぜんしゅう》13）

14

1 こんな場面《ばめん》で生《い》きる！

どんな場面《ばめん》で生《い》かせるアドバイスなのかがわかるよ。今《いま》のきみに必要《ひつよう》な言葉《ことば》を探《さが》してみよう。

2 メッセージ

このページでいちばん伝《つた》えたいメッセージが書《か》かれているよ。この言葉《ことば》をしっかり頭《あたま》に置《お》いておこう。

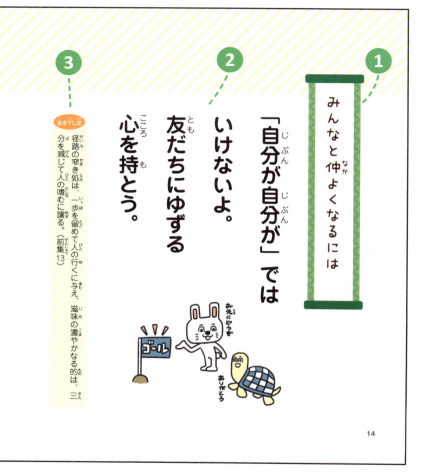

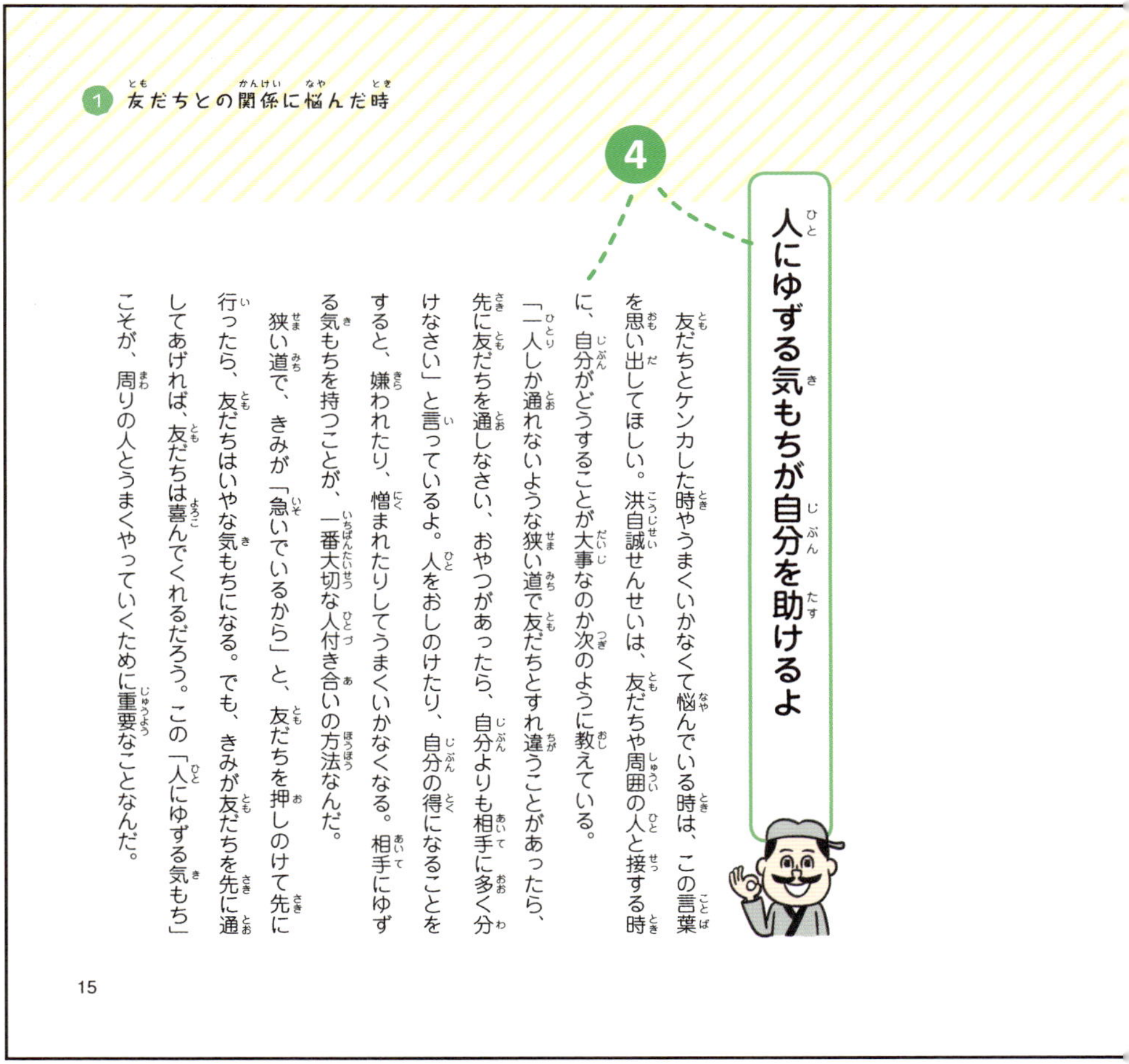

1 友《とも》だちとの関係《かんけい》に悩《なや》んだ時《とき》

4

人《ひと》にゆずる気《き》もちが自分《じぶん》を助《たす》けるよ

友《とも》だちとケンカした時《とき》やうまくいかなくて悩《なや》んでいる時《とき》は、この言葉《ことば》を思《おも》い出《だ》してほしい。洪自誠《こうじせい》せんせいは、友《とも》だちや周囲《しゅうい》の人《ひと》と接《せっ》する時《とき》に、自分《じぶん》がどうすることが大事《だいじ》なのか次《つぎ》のように教《おし》えている。

「一人《ひとり》しか通《とお》れないような狭《せま》い道《みち》で友《とも》だちとすれ違《ちが》うことがあったら、先《さき》に友《とも》だちを通《とお》しなさい、おやつがあったら、自分《じぶん》よりも相手《あいて》に多《おお》く分《わ》けなさい」と言《い》っているよ。人《ひと》をおしのけたり、自分《じぶん》の得《とく》になることをすると、嫌《きら》われたり、憎《にく》まれたりしてうまくいかなくなる。相手《あいて》にゆずる気《き》もちを持つことが、一番大切《いちばんたいせつ》な人付《ひとづ》き合《あ》いの方法《ほうほう》なんだ。

狭《せま》い道《みち》で、きみが「急《いそ》いでいるから」と、友《とも》だちを押《お》しのけて先《さき》に行《い》ったら、友《とも》だちはいやな気《き》もちになる。でも、きみが友《とも》だちを先《さき》に通《とお》してあげれば、友《とも》だちは喜《よろこ》んでくれるだろう。この「人《ひと》にゆずる気《き》もち」こそが、周《まわ》りの人とうまくやっていくために重要《じゅうよう》なことなんだ。

15

4 解説文《かいせつぶん》

わかりやすいように、身近《みぢか》な例《れい》をあげながら、言葉《ことば》をやさしく解説《かいせつ》している。むずかしい時《とき》はご両親《りょうしん》に聞《き》いてみるといい。

3 書《か》き下《くだ》し文《ぶん》

洪自誠《こうじせい》せんせいが書《か》いた文章《ぶんしょう》を日本語《にほんご》に書《か》き変《か》えた文章《ぶんしょう》だ。これを「書《か》き下《くだ》し文《ぶん》」というよ。

第《だい》2章《しょう》 相手《あいて》からイヤなことをされた時《とき》

兄弟《きょうだい》が悪《わる》いことをしたら？　32
家人《かじん》、過《あやまち》あらば、宜《よろ》しく暴怒《ぼうど》すべからず、宜《よろ》しく軽棄《けいき》すべからず。

気《き》が合《あ》わない子《こ》がいたら？　34
意《い》を曲《ま》げて人《ひと》をして喜《よろこ》ばしむるは、躬《み》を直《なお》くして人《ひと》をして忌《い》ましむるに若《し》かず。

友《とも》だちからバカにされた　36
己《おのれ》の長《ちょう》を以《もっ》て人《ひと》の短《たん》を形《あらわ》すことなかれ。

友《とも》だちから感謝《かんしゃ》されない　38
恩《おん》を施《ほどこ》す者《もの》は、内《うち》に己《おのれ》を見《み》ず、外《そと》に人《ひと》を見《み》ざれば、即《すなわ》ち斗粟《とぞく》も万鍾《ばんしょう》の恵《めぐ》みに当《あ》たるべし。

コラム　『菜根譚《さいこんたん》』が書《か》かれたのはどんな時代《じだい》だったのか？　40

第《だい》3章《しょう》 目標《もくひょう》を達成《たっせい》したい時《とき》

がんばったのに失敗《しっぱい》したら？ 42

敗後《はいご》に或《あるい》は反《かえ》って功《こう》を成《な》す。故《ゆえ》に払心《ふっしん》の処《ところ》、便《すなわ》ち手《て》を放《はな》つこと莫《なか》れ。

もうダメだと思《おも》ったら 44

語《ご》に云《い》う、「山《やま》に登《のぼ》りては側路《そくろ》に耐《た》え、雪《ゆき》を踏《ふ》んでは危橋《ききょう》に耐《た》う」と。一《いっ》の耐《たい》の字《じ》、極《きわ》めて意味《いみ》あり。

サボりたくなったら 46

小処《しょうしょ》に滲漏《しんろう》せず、暗中《あんちゅう》に欺隠《ぎいん》せず、末路《まつろ》に怠荒《たいこう》せず。わずかに是《こ》れ個《こ》の真正《しんせい》の英雄《えいゆう》なり。

いい結果《けっか》を出《だ》したいなら 48

未《いま》だ就《な》らざるの功《こう》を図《はか》るは、已《すで》に成《な》るの業《ぎょう》を保《たも》つに如《し》かず。既往《きおう》の失《しつ》を悔《く》ゆるは、将来《しょうらい》の非《ひ》を防《ふせ》ぐに如《し》かず。

あきらめたくなったら 50

心《こころ》やや怠荒《たいこう》せば、便《すなわ》ち我《われ》より勝《まさ》れるの人《ひと》を思《おも》えば、則《すなわ》ち精神《せいしん》自《おのず》から奮《ふる》わん。

第《だい》4章《しょう》 失敗《しっぱい》してしまった時《とき》

第《だい》1章《しょう》
友《とも》だちとの関係《かんけい》に悩《なや》んだ時《とき》

洪自誠《こうじせい》せんせいの書《か》いた『菜根譚《さいこんたん》』という本《ほん》は、人《ひと》とうまく付《つ》き合《あ》うにはどうすればいいのかを教《おし》えているんだ。ここでは友《とも》だちとの関係《かんけい》に悩《なや》んだ時《とき》の方法《ほうほう》を紹介《しょうかい》しよう。

みんなと仲《なか》よくなるには

「自分《じぶん》が自分《じぶん》が」では
いけないよ。
友《とも》だちにゆずる
心《こころ》を持《も》とう。

書《か》き下《くだ》し文《ぶん》

径《けい》路《ろ》の窄《せま》き処《ところ》は、一歩《いっぽ》を留《とど》めて人《ひと》の行《ゆ》くに与《あた》え、滋味《じみ》の濃《こま》やかなる的《もの》は、三《さん》分《ぶ》を減《げん》じて人《ひと》の嗜《たしな》むに譲《ゆず》る。（前集《ぜんしゅう》13）

人《ひと》にゆずる気《き》もちが自分《じぶん》を助《たす》けるよ

友《とも》だちとケンカした時《とき》やうまくいかなくて悩《なや》んでいる時《とき》は、この言葉《ことば》を思《おも》い出《だ》してほしい。洪自誠《こうじせい》せんせいは、友《とも》だちや周囲《しゅうい》の人《ひと》と接《せっ》する時《とき》に、自分《じぶん》がどうすることが大事《だいじ》なのか次《つぎ》のように教《おし》えている。

「一人《ひとり》しか通《とお》れないような狭《せま》い道《みち》で友《とも》だちとすれ違《ちが》うことがあったら、先《さき》に友《とも》だちを通《とお》しなさい、おやつがあったら、自分《じぶん》よりも相手《あいて》に多《おお》く分《わ》けなさい」と言《い》っているよ。人《ひと》をおしのけたり、自分《じぶん》の得《とく》になることをすると、嫌《きら》われたり、憎《にく》まれたりしてうまくいかなくなる。相手《あいて》にゆずる気《き》もちを持つことが、一番大切《いちばんたいせつ》な人付《ひとづ》き合《あ》いの方法《ほうほう》なんだ。

狭《せま》い道《みち》で、きみが「急《いそ》いでいるから」と、友《とも》だちを押《お》しのけて先《さき》に行《い》ったら、友《とも》だちはいやな気《き》もちになる。でも、きみが友《とも》だちを先《さき》に通《とお》してあげれば、友《とも》だちは喜《よろこ》んでくれるだろう。この「人《ひと》にゆずる気《き》もち」こそが、周《まわ》りの人とうまくやっていくために重要《じゅうよう》なことなんだ。

イヤな所《ところ》が気《き》になったら

みんな欠点《けってん》はある。イヤな所《ところ》があっても、嫌《きら》いにならず付《つ》き合《あ》おう。

書《か》き下《くだ》し文《ぶん》

人《ひと》に与《くみ》するは、太《はなは》だ分明《ぶんめい》なるべからず。一切《いっさい》の善悪賢愚《ぜんあくけんぐ》をも、包容《ほうよう》し得《え》んことを要《よう》す。（前集185）

イヤな部分《ぶぶん》も含《ふく》めてその人《ひと》なんだ

世《よ》の中《なか》には、いろいろな子《こ》がいる。性格《せいかく》がいい子《こ》、悪《わる》い子《こ》、勉強《べんきょう》ができる子、不得意《ふとくい》な子《こ》もいる。仲《なか》のいい友《とも》だちでも、「なんとなくここがイヤだな」と思《おも》う時《とき》があるものだ。洪自誠《こうじせい》せんせいは、「人《ひと》と付《つ》き合《あ》うときは、欠点《けってん》が目《め》についても相手《あいて》を遠《とお》ざけてはいけない、多少《たしょう》の欠点《けってん》は気《き》にしないで広《ひろ》く人《ひと》と付《つ》き合《あ》いなさい」と教《おし》えているよ。

誰《だれ》しも、欠点《けってん》とかイヤなところはある。友《とも》だちの欠点《けってん》が気《き》になって、その子《こ》と付《つ》き合《あ》うのをやめたとしよう。すると給食《きゅうしょく》や掃除《そうじ》、行事《ぎょうじ》など何《なに》かを一緒《いっしょ》にやらなくてはいけない時《とき》に協力《きょうりょく》できなくなってしまう。

欠点《けってん》が相手《あいて》のすべてではない。いいところを見《み》て仲《なか》よくすればいい。そうすることで、きみには多《おお》くの友《とも》だちができる。また、みんなの力《ちから》が合《あ》わさると一人《ひとり》ではむずかしいと思《おも》えるような大《おお》きなことにもチャレンジする勇気《ゆうき》がわくし、実現《じつげん》できるものなんだ。

友《とも》だちとうまくいかない

一番《いちばん》になっても、えらそうに自慢《じまん》をしてはいけないよ。

書《か》き下《くだ》し文《ぶん》

徳《とく》は才《さい》の主《しゅ》にして、才《さい》は徳《とく》の奴《ど》なり。（前集１３９）

自慢《じまん》すると友《とも》だちに嫌《きら》われる

最近《さいきん》、友《とも》だちに距離《きょり》をおかれている気《き》がする、と思《おも》った時《とき》は、自分《じぶん》が自慢《じまん》をしたり、えらそうな態度《たいど》をとっていなかったか考《かんが》えてみよう。

洪自誠《こうじせい》せんせいは自慢《じまん》について、「人格《じんかく》は才能《さいのう》の主人《しゅじん》で、才能《さいのう》は人格《じんかく》の召使《めしつか》いである」と教《おし》えている。人格《じんかく》とは立派《りっぱ》な性格《せいかく》のこと。きみにすごい才能《さいのう》があっても、その才能《さいのう》を人《ひと》に「すごいだろう」と言《い》ったりしてはいけない。自慢《じまん》したくなる気《き》もちを、ぐっと心《こころ》で抑《おさ》えてふるまうことが大事《だいじ》だという意味《いみ》だ。

きみが一番《いちばん》になった賞状《しょうじょう》やトロフィーを見《み》せびらかせば、友《とも》だちは「すごいね」と言《い》うだろう。けれども、内心《ないしん》では、「自慢《じまん》しやがって」と思《おも》っているかもしれない。そんな風《ふう》に思《おも》われたら、きみと心《こころ》の底《そこ》から仲《なか》よくすることはできない。だからこそ、得意《とくい》になっても、その気《き》もちを抑《おさ》えて友《とも》だちと接《せっ》するようにしないといけないよ。

悪口《わるくち》を言《い》われた時《とき》は？

悪口《わるくち》を言《い》われても、
すぐにほんとうの
ことがわかるから
気《き》にしないこと。

書《か》き下《くだ》し文《ぶん》

讒夫毀士《ざんぷきし》は、寸雲《すんうん》の日《ひ》を蔽《おお》うが如《ごと》く、久《ひさ》しからずして自《おのず》から明《あき》らかなり。
（前集192）

何《なに》もなければ、堂々《どうどう》としていよう

最近《さいきん》、なんだか友《とも》だちがよそよそしい……。どうしたんだろう？と思《おも》っていたら、自分《じぶん》の悪口《わるくち》がクラスじゅうに広《ひろ》まっているらしい。聞《き》いてみれば、自分《じぶん》にはまったく覚《おぼ》えのないこと。びっくりするし、悲《かな》しくてとほうにくれてしまうかもしれない。

洪自誠《こうじせい》せんせいは、「悪口《わるくち》というものは、ちぎれ雲《ぐも》が太陽《たいよう》をいっときおおい隠《かく》すようなもの。本当《ほんとう》のことはすぐに明《あき》らかになる」と言《い》っている。もし、きみに関《かん》する悪口《わるくち》がいい加減《かげん》なものであれば、真実《しんじつ》はすぐに明《あき》らかになる。あせる必要《ひつよう》はないということだ。

悪口《わるくち》をいった相手《あいて》を突《つ》き止《と》めて、「何《なん》でそんなことを言《い》ったんだ」と詰《つ》め寄《よ》るようなことはやめたほうがいい。もしかしたら、ほんのちょっとしたことが誤解《ごかい》されて伝《つた》わったのかもしれない。自分《じぶん》に覚《おぼ》えがないのなら、時間《じかん》が解決《かいけつ》してくれる。堂々《どうどう》として、放《ほう》っておくのが一番《いちばん》だ。

苦手《にがて》な子《こ》がいたら？

自分《じぶん》から話《はな》しかけたり、やさしくすると仲《なか》よくなれるよ。

たくさんあるからあげるよ
わーいありがとう

書《か》き下《くだ》し文《ぶん》

此《こ》の心《こころ》常《つね》に放《はな》ち得《え》て寛平《かんぺい》ならば、天下《てんか》自《おのず》から険側《けんそく》の人情《にんじょう》なし。（前集97）

笑顔《えがお》には笑顔《えがお》、親切《しんせつ》には親切《しんせつ》が返《かえ》される

人《ひと》から親切《しんせつ》にしてもらったり、仲《なか》よくしてもらいたい時《とき》はどうすればいいのか、洪自誠《こうじせい》せんせいのこの言葉《ことば》が教《おし》えてくれる。「自分《じぶん》の心《こころ》をやさしく穏《おだ》やかにすれば、世《よ》の中《なか》にはイヤな人《ひと》がいなくなる」ということだ。これは自分《じぶん》が穏《おだ》やかな気《き》もちで人《ひと》に親切《しんせつ》にしていれば、相手《あいて》からも同《おな》じようにしてもらえるという意味《いみ》だ。

クラスで行事《ぎょうじ》などを行《おこな》うとき、必《かなら》ずしも仲《なか》のいい子《こ》と一緒《いっしょ》になるとは限《かぎ》らない。あまり話《はな》したことがない子《こ》や、苦手《にがて》な子《こ》と組《く》む時《とき》もあるよね。そんな時《とき》、きみが黙《だま》っていれば、相手《あいて》も黙《だま》ったままだ。だったらきみから笑顔《えがお》で話《はな》しかけてあげよう。じつは、この「自分《じぶん》から話《はな》しかける」というのが、とても大切《たいせつ》なんだ。笑顔《えがお》で話《はな》しかければ、相手《あいて》からも笑顔《えがお》が返《かえ》ってくる。人《ひと》には自分《じぶん》からやさしい態度《たいど》で接《せっ》すること。これが相手《あいて》からも親切《しんせつ》にされるコツなんだよ。

友《とも》だちが悩《なや》んでいる時《とき》は

自分《じぶん》の悩《なや》みは
耐《た》えてごらん。
友《とも》だちの悩《なや》みには
声《こえ》をかけよう。

書《か》き下《くだ》し文《ぶん》

己《おのれ》の困辱《こんじょく》は当《まさ》に忍《しの》ぶべきも、而《しか》も人《ひと》に在《あ》りては則《すなわ》ち忍《しの》ぶべからず。
(前集165)

友《とも》だちの心《こころ》の荷物《にもつ》にも手《て》を差《さ》し出《だ》そう

友《とも》だちに悩《なや》みがあると感《かん》じたら、きみはどうする？　洪自誠《こうじせい》せんせいは、「自分《じぶん》の悩《なや》みは耐《た》えないといけない、けれども人《ひと》の悩《なや》みは見過《みす》ごしてはいけない」と言《い》っているよ。自分《じぶん》の悩《なや》みは耐《た》えたり、乗《の》りこえることできみを成長《せいちょう》させる。だから勇気《ゆうき》を持《も》って引《ひ》き受《う》けよう。けれども、友《とも》だちの悩《なや》みに気《き》づいたときは、知《し》らんぷりをしたり、冷《つめ》たい態度《たいど》をとってはいけない。手《て》を差《さ》し出《だ》すことでお互《たが》いの気《き》もちが軽《かる》くなるんだ。

友《とも》だちが重《おも》い荷物《にもつ》を持《も》っていたら、きみは「半分持《はんぶんも》つよ」と言《い》うだろう。悩《なや》みも同《おな》じことだ。悩《なや》みとは心《こころ》の荷物《にもつ》で、心《こころ》をずっしりと重《おも》くさせる。だから、友《とも》だちがたいへんそうだと気《き》づいたら、「大丈夫《だいじょうぶ》？」と声《こえ》をかけよう。もしかすると、相手《あいて》は「大丈夫《だいじょうぶ》だよ」とか、「気《き》にしないで」と言《い》うかもしれない。それでもいい。大事《だいじ》なのは、友《とも》だちの荷物《にもつ》を一緒《いっしょ》に持《も》とうという気《き》もちだから。

コラム

『菜根譚《さいこんたん》』って どういう意味《いみ》なんだろう？

『菜根譚《さいこんたん》』という書名《しょめい》は、どんな意味《いみ》があるんだろう。「菜根《さいこん》」とは「野菜《やさい》の根《ね》」、「譚《たん》」とは「談《だん》」とか「話《はなし》」という意味《いみ》がある。つまり、『菜根譚《さいこんたん》』とは「野菜《やさい》の根《ね》の話《はなし》」という意味《いみ》なんだよ。

『菜根譚《さいこんたん》』という書名《しょめい》は、中国《ちゅうごく》の宋《そう》という時代《じだい》の学者《がくしゃ》である汪信《おうしん》民《みん》という人《ひと》の言葉《ことば》で、「人《ひと》はつねに菜根《さいこん》（野菜《やさい》の根《ね》）をよく噛《か》んでいれば、あらゆることを成《な》しとげられる」という意味《いみ》の言葉《ことば》をもとにしているんだ。

野菜《やさい》の根《ね》はかたく、すじが多《おお》くて食《た》べにくい。でも、よく噛《か》むことで、味《あじ》わいが出て人生《じんせい》のほんとうの意味《いみ》を味《あじ》わうことができるという意味《いみ》だ。苦《くる》しい時期《じき》でも耐《た》えることで、味《あじ》わい深《ぶか》い人生《じんせい》を送《おく》ることができる。また、野菜《やさい》を食《た》べることは、ごちそうではなく、質素《しっそ》な食《しょく》事《じ》を意味《いみ》している。そういった質素《しっそ》な暮《く》らしを送《おく》ることをよしとしているのも『菜根譚《さいこんたん》』の内容《ないよう》の特徴《とくちょう》なんだよ。

第《だい》2章《しょう》

相手《あいて》からイヤなことをされた時《とき》

「なぜ、ヒドイことを言《い》うんだろう」「怒《おこ》っているのは、なぜだろう」など、人《ひと》の気《き》もちはわからないことだらけ。この章《しょう》を読《よ》んで相手《あいて》の気《き》もちを考《かんが》えてみよう。

親《おや》が友《とも》だち関係《かんけい》に口出《くちだ》しする

親《おや》が友《とも》だち関係《かんけい》に
まで口《くち》を出《だ》すのは、
箱《はこ》入《い》り娘《むすめ》のように
大事《だいじ》に思《おも》うから。

書《か》き下《くだ》し文《ぶん》

弟子《ていし》を教《おし》うるは閨女《けいじょ》を養《やしな》うが如《ごと》く、最《もっと》も出入《しゅつにゅう》を厳《げん》にし、交遊《こうゆう》を謹《つつし》むを要《よう》す。
（前集39）

大事《だいじ》に思《おも》うからこそ、口出《くちだ》しをする

親《おや》が子《こ》どもに「友《とも》だちの誰々《だれだれ》とは付《つ》き合《あ》うな」って言《い》うことがある。そう言《い》われたら、きみはきっと腹《はら》がたつよね。でも、親《おや》はきみのことが心配《しんぱい》だから、友《とも》だち関係《かんけい》にまで口《くち》を出《だ》すんだ。

友《とも》だち関係《かんけい》について、洪自誠《こうじせい》せんせいは「若《わか》い人《ひと》を教育《きょういく》する時《とき》は、箱《はこ》入《い》り娘《むすめ》を育《そだ》てるように、その出入《でい》りを厳重《げんじゅう》に監督《かんとく》して、交友関係《こうゆうかんけい》に注意《ちゅうい》するべきである。これをおろそかにすると、若《わか》い人《ひと》はよくないものに染《そ》まってしまう」と言《い》ってるんだ。これがまさに親《おや》の気《き》もち、親《おや》が子《こ》どもの友《とも》だち関係《かんけい》に口出《くちだ》しするのは、ごく当然《とうぜん》のことなんだ。

きみから見《み》れば、好《す》きな友《とも》だちのことを悪《わる》く言《い》われて、イヤな気《き》もちになるだろう。親《おや》とケンカになることもあるだろう。でも、親《おや》にしてみれば、きみを大事《だいじ》に思《おも》っているからこそ、言《い》うこともある。少《すく》なくとも、そんな親《おや》の気《き》もちがあることはわかってほしいな。

大人《おとな》ってなんで叱《しか》るの？

叱《しか》られないより叱《しか》られたほうがいい。きみを成長《せいちょう》させるから。

書《か》き下《くだ》し文《ぶん》

耳中《じちゅう》、常《つね》に耳《みみ》に逆《さから》うの言《げん》を聞《き》き、心中《しんちゅう》、常《つね》に心《こころ》に払《もと》るの事《こと》ありて、わずかに是《こ》れ徳《とく》に進《すす》み行《おこない》を修《おさ》むるの砥石《しせき》なり。（前集5）

叱《しか》られるって、じつは大事《だいじ》なことだ

叱《しか》られるってイヤだよね。「なんでいつも同《おな》じことするのっ！」って、叱《しか》られたあとは、口《くち》をききづらいし、気分《きぶん》も悪《わる》い。誰《だれ》だって、怒《おこ》られないで楽《たの》しく過《す》ごしたいけど、叱《しか》られるって大事《だいじ》なことなんだ。

洪自誠《こうじせい》せんせいは「イヤなことを言《い》われ、心《こころ》に思《おも》い通《どお》りにならないことは、じつは人間《にんげん》を成長《せいちょう》させ、修行《しゅぎょう》させる砥石《といし》のような役割《やくわり》を果《は》たしているのだ」と言《い》っているよ。「砥石《といし》」とは、刃物《はもの》などをとぐためのかたい石《いし》のことだ。きみはイヤかもしれないけど、ときどきは叱《しか》られたほうがいい。きみの心《こころ》を磨《みが》き、成長《せいちょう》させてくれるからね。

叱《しか》られると、自分《じぶん》ではわからなかった欠点《けってん》や、人《ひと》に迷惑《めいわく》をかけている部分《ぶぶん》などに気《き》づくことができるんだ。叱《しか》られた点《てん》を改《あらた》めれば、きみは成長《せいちょう》して、周《まわ》りの人《ひと》ともっといい関係《かんけい》をつくることができる。そう考《かんが》えれば、ときどき叱《しか》られるのもいいかなと思《おも》うだろう。

兄弟《きょうだい》が悪《わる》いことをしたら？

兄弟《きょうだい》のあやまちに
激怒《げきど》してはダメ。
だけど放《ほう》っておく
のもいけないよ。

ゴメンね
ひとりで食《た》べちゃダメだよ

書《か》き下《くだ》し文《ぶん》

家人《かじん》、過《あやまち》あらば、宜《よろ》しく暴怒《ぼうど》すべからず、宜《よろ》しく軽棄《けいき》すべからず。
（前集96）

身近《みぢか》な家族《かぞく》にこそ、やさしく接《せっ》する

弟《おとうと》がクラスの子《こ》をいじめているらしい、そんな話《はなし》を耳《みみ》にしたらきみはどうする？　ものすごい勢《いきお》いで怒《おこ》ってやめさせる？　それとも聞《き》かなかったことにして放《ほう》っておく？　むずかしい問題《もんだい》だよね。

こういった時《とき》どうすればいいかを、洪自誠《こうじせい》は、「兄弟《きょうだい》のあやまちやまちがいに、ことさらはげしく怒《おこ》ってはいけない、だが軽《かる》くみて放《ほう》っておくのもだめだ」と教えているよ。

同《おな》じ家《いえ》に住《す》んでいて、毎日一緒《まいにちいっしょ》に過《す》ごす兄弟《きょうだい》は、とても身近《みぢか》な存在《そんざい》だよね。だから気《き》もちをぶつけやすくて、キツイことばで叱《しか》ってしまったり、「ごめんなさい」を言《い》いにくかったりするよね。

弟《おとうと》をきつく怒《おこ》っても、反発《はんぱつ》がかえってくるだけだから、やさしく「クラスメイトをいじめてはいけないよ」と言《い》い聞《き》かせよう。それが家族《かぞく》が仲《なか》よくくらす基本《きほん》なんだ。

気《き》が合《あ》わない子《こ》がいたら？

仲《なか》よくなるために
自分《じぶん》を曲《ま》げてまで
相手《あいて》のごきげんを
とることはないよ。

書《か》き下《くだ》し文《ぶん》

意《い》を曲《ま》げて人《ひと》をして喜《よろこ》ばしむるは、躬《み》を直《なお》くして人《ひと》をして忌《い》ましむるに若《し》かず。（前集112）

自分《じぶん》を曲《ま》げてすることは意味《いみ》がない

友《とも》だちと仲《なか》よくするのは大事《だいじ》なことだ。でも、世《よ》の中《なか》にはいろいろな人《ひと》がいる。性格的《せいかくてき》にどうしても合《あ》わないと感《かん》じる子《こ》もいるだろう。洪自誠《こうじせい》せんせいは、「自分《じぶん》の信念《しんねん》を曲《ま》げるようなことをして人《ひと》を喜《よろこ》ばせるよりも、自分《じぶん》の正《ただ》しいと思《おも》うことをして嫌《きら》われるほうがましだ」と言《い》っているよ。仲《なか》よくなるために本来《ほんらい》の自分《じぶん》を曲《ま》げて、おべっかを使《つか》ってまで相手《あいて》のきげんをとらなくてもいいし、よくない誘《さそ》いなら、嫌《きら》われても正《ただ》しい行《おこな》いをしたほうがいいんだ。

合《あ》わない相手《あいて》が学級委員長《がっきゅういいんちょう》など、クラスの中心人物《ちゅうしんじんぶつ》のことがあるかもしれない。だからといって、相手《あいて》に気《き》に入《い》ってもらうためにお世辞《せじ》を言《い》ったりする必要《ひつよう》はないよ。それは本来《ほんらい》のきみ自身《じしん》ではないから、ムリして付《つ》き合《あ》っても、関係《かんけい》は長続《ながつづ》きしないし、いい関係《かんけい》はできない。自然《しぜん》な姿《すがた》で付《つ》き合《あ》うのが一番《いちばん》なんだ。

友《とも》だちからバカにされた

きみができても
できない子《こ》を
バカにしては
いけないよ。

書《か》き下《くだ》し文《ぶん》

己《おのれ》の長《ちょう》を以《もっ》て人《ひと》の短《たん》を形《あらわ》すことなかれ。(前集120)

友《とも》だちの苦手《にがて》なことはそっとしておく

誰《だれ》にだって、得意《とくい》なこと、苦手《にがて》なことがあるよね。英語《えいご》を習《なら》い始《はじ》めたばかりの時《とき》に、アメリカに住《す》んでいたという英語《えいご》が得意《とくい》な友《とも》だちに、「こんな単語《たんご》も知《し》らないの？」と言《い》われたら、恥《は》ずかしいし、とってもイヤな気《き》もちになるよね。

洪自誠《こうじせい》せんせいは「自分《じぶん》の得意《とくい》なことを示《しめ》すことで、人《ひと》が苦手《にがて》なものをあばきたててはいけない」と教《おし》えているよ。自分《じぶん》が得意《とくい》でも、苦手《にがて》な人に「できないの」と言《い》ってはいけない。きみにだって苦手《にがて》なことがあるだろ、すべてができるという子《こ》なんているはずないよね。

英語《えいご》の勉強《べんきょう》を始《はじ》めたばかりの子《こ》は、海外《かいがい》でくらしていた友《とも》だちより英《えい》語《ご》ができなくて当然《とうぜん》。なのに、「こんなこともわからないの？」と言《い》われてさぞかし悔《くや》しかっただろう。きみも自分《じぶん》ができることを友《とも》だちができないからって、バカにして恥《は》ずかしい思《おも》いをさせてはいけないよ。

友《とも》だちから感謝《かんしゃ》されない

友《とも》だちにしてあげたことに見返《みかえ》りを求《もと》めない。

書《か》き下《くだ》し文《ぶん》

恩《おん》を施《ほどこ》す者《もの》は、内《うち》に己《おのれ》を見《み》ず、外《そと》に人《ひと》を見《み》ざれば、即《すなわ》ち斗粟《とぞく》も万鍾《ばんしょう》の恵《めぐ》みに当《あ》たるべし。（前集52）

自分《じぶん》のしたことに見返《みかえ》りを求《もと》めない

友《とも》だちが困《こま》っていたから、宿題《しゅくだい》を手伝《てつだ》ってあげたのに、お返《かえ》しもないし、「ありがとう」も言《い》ってくれなかったら、きみはどう思《おも》う？　その友《とも》だちのことを嫌《きら》いになるかな？

洪自誠《こうじせい》せんせいは、「人《ひと》に恩《おん》を施《ほどこ》す者《もの》は、恩恵《おんけい》を施《ほどこ》す自分《じぶん》を意識《いしき》しないこと、また、相手《あいて》の感謝《かんしゃ》を期待《きたい》しなければ、わずかな恩恵《おんけい》でもものすごく大《おお》きな価値《かち》がある」と言《い》っているよ。人《ひと》を助《たす》けてあげようと思《おも》う気《き》もちは、お返《かえ》しが欲《ほ》しいと思《おも》っていないからすばらしいんだ。よい行《おこな》いでも、お返《かえ》しが欲《ほ》しくてやることは価値《かち》がないんだよ。

お礼《れい》がなくても友《とも》だちをせめてはいけない。きみがしたことは、それだけで、じゅうぶんに価値《かち》があることだから。でも、友《とも》だちに何《なに》か親切《しんせつ》にしてもらったら、きちんとお礼《れい》を言《い》い、お世話《せわ》になったことを忘《わす》れないようにしよう。

コラム

『菜根譚《さいこんたん》』が書《か》かれたのは どんな時代《じだい》だったのか？

『菜根譚《さいこんたん》』が書《か》かれたのは、中国《ちゅうごく》が「明《みん》」という国《くに》の時《とき》のこと。明《みん》は1368年《ねん》から1644年《ねん》まで約《やく》300年《ねん》くらい続《つづ》いた歴史《れきし》の長《なが》い国《くに》だった。

洪自誠《こうじせい》は明《みん》の終《お》わりに近《ちか》い万暦《ばんれき》という皇帝《こうてい》の時代《じだい》、万暦年間《ばんれきねんかん》（1573年《ねん》〜1620年《ねん》）の人《ひと》だったといわれているよ。

当時《とうじ》、日本《にほん》から豊臣秀吉《とよとみひでよし》が二回《にかい》も戦争《せんそう》をしかけたこともあり、明《みん》は経済的《けいざいてき》に苦《くる》しくなっていた。また、政治家《せいじか》や役人《やくにん》による派閥《はばつ》争《あらそ》いが多《おお》くなり、国《くに》の体制《たいせい》はガタガタになっていた。

この時代《じだい》、昔《むかし》からの道徳《どうとく》は形《かたち》ばかりのものとなり、政治家《せいじか》や官僚《かんりょう》は自分《じぶん》の利益《りえき》ばかりを追《お》い求《もと》めるようになる。すぐれた人《ひと》は追《お》い落《お》とされ、ずるがしこい人《ひと》ばかりが上《うえ》の地位《ちい》を占《し》めるように。これまでの常識《じょうしき》や良心《りょうしん》といったものが通《つう》じない、生《い》きづらい時代《じだい》に「生《い》きる指針《ししん》」として書《か》かれたのが、『菜根譚《さいこんたん》』だったんだ。

第《だい》3章《しょう》

目標《もくひょう》を達成《たっせい》したい時《とき》

きみの夢《ゆめ》はなんだろう？　テストでいい点《てん》をとること？　サッカーがうまくなることかな？　目標《もくひょう》を立《た》てたら努力《どりょく》あるのみ！　この章《しょう》では成功《せいこう》するための心《こころ》がまえを教《おし》えるよ。

がんばったのに失敗《しっぱい》したら

失敗《しっぱい》したあとに成功《せいこう》することがある。だから、投《な》げ出《だ》さないこと。

書《か》き下《くだ》し文《ぶん》

敗後《はいご》に或《あるい》は反《かえ》って功《こう》を成《な》す。故《ゆえ》に払心《ふっしん》の処《ところ》、便《すなわ》ち手《て》を放《はな》つこと莫《なか》れ。

（前集10）

「失敗《しっぱい》」を失敗《しっぱい》のままで終《お》わらせない

がんばって勉強《べんきょう》したのに、テストで思《おも》うような点《てん》が取《と》れなかった。短距離走《たんきょりそう》で一位《いちい》だったのに、ゴール直前《ちょくぜん》に友《とも》だちに抜《ぬ》かれてしまったなど、うまくいかない時《とき》がある。

少《すこ》しの間《あいだ》、落《お》ち込《こ》むのは仕方《しかた》のないことだ。けれども、イヤになって、それまで一生懸命《いっしょうけんめい》やっていたことを投《な》げ出《だ》すのはよくない。洪自誠《こうじせい》せんせいは、「物事《ものごと》が失敗《しっぱい》したあとは、逆《ぎゃく》に成功《せいこう》するものである。だから自《じ》分《ぶん》の思《おも》い通《どお》りにならない時《とき》こそ、むやみに投《な》げ出《だ》してはいけない」と言《い》っているよ。

まずは同《おな》じ失敗《しっぱい》をくり返《かえ》さないように、失敗《しっぱい》したところをきちんと復習《ふくしゅう》しよう。こうすれば、次《つぎ》のテストはいい点《てん》を取《と》れる可能性《かのうせい》が高《たか》くなる。失敗《しっぱい》には理由《りゆう》があるので、逃《に》げ出《だ》さずにそこから学《まな》ぶこと。そうすることで、きみには成功《せいこう》のチャンスがくるよ。

もうダメだと思《おも》ったら

どんなにつらく たいへんな時《とき》も ひたすら耐《た》える ことが大事《だいじ》なんだ。

書《か》き下《くだ》し文《ぶん》

語《ご》に云《い》う、「山《やま》に登《のぼ》りては側路《そくろ》に耐《た》え、雪《ゆき》を踏《ふ》んでは危橋《ききょう》に耐《た》う」と。一《いつ》の耐《たい》の字《じ》、極《きわ》めて意味《いみ》あり。（前集179）

投《な》げ出《だ》さず、「耐《た》えること」の大切《たいせつ》さ

目標《もくひょう》を達成《たっせい》しようと、毎日《まいにち》コツコツがんばってきた。でも疲《つか》れて、「もういいや」と思《おも》う時《とき》もあるだろう。

洪自誠《こうじせい》せんせいは、「山《やま》に登《のぼ》ったら険《けわ》しい坂道《さかみち》でもしんぼうして耐《た》えて進《すす》み、雪《ゆき》を踏《ふ》んで行《い》ったら、危《あぶ》ない橋《はし》でもしんぼうして耐《た》えて進《すす》め」と昔《むかし》から伝《つた》わるこんな言葉《ことば》を紹介《しょうかい》しているよ。せんせいはこの言葉《ことば》にある「耐《た》える」ということがものすごく大事《だいじ》だと教《おし》えている。

４００年《ねん》ほど前《まえ》の中国《ちゅうごく》の山道《やまみち》や橋《はし》は、今《いま》のようにきれいに整備《せいび》された道《みち》ではない。一瞬《いっしゅん》でも油断《ゆだん》したら、転《ころ》げ落《お》ち、命《いのち》を落《お》とす危険性《きけんせい》もあっただろう。だからこそ、一度《いちど》登《のぼ》り始《はじ》めたら、つらくとも最後《さいご》まで行《い》くしかなかった。勉強《べんきょう》やスポーツも同《おな》じことだ。一回始《いっかいはじ》めたものはどんなにつらくとも、最後《さいご》までやりきらないといけない。途中《とちゅう》でやめることは、「そこで終《お》わり」になるということだからね。

サボりたくなったら

小《ちい》さいことでも、手《て》を抜《ぬ》かない。人目《ひとめ》がなくてもごまかさない。

見《み》えないところも
ゴシゴシ♪

書《か》き下《くだ》し文《ぶん》

小処《しょうしょ》に滲漏《しんろう》せず、暗中《あんちゅう》に欺隠《ぎいん》せず、末路《まつろ》に怠荒《たいこう》せず。わずかに是《こ》れ個《こ》の真正《しんせい》の英雄《えいゆう》なり。（前集114）

どんな時《とき》も手《て》を抜《ぬ》かないことが大事《だいじ》

1週間後《しゅうかんご》にはテストがあるのに、やる気《き》が起《お》きずにダラダラとしてしまったことはないかな。親《おや》が出《で》かけているなど、見《み》ている人《ひと》がいなければ、少《すこ》しくらいサボりたい気《き》もちになるよね。

でも、洪自誠《こうじせい》せんせいは、「小《ちい》さいことでも手《て》を抜《ぬ》かない、人目《ひとめ》がなくてもごまかさない、落《お》ち目《め》のときでも投《な》げやりにならない。この3つができて、初《はじ》めて立派《りっぱ》な人物《じんぶつ》といえるのだ」と言《い》っているんだ。

小銭《こぜに》も貯《た》め続《つづ》ければ大金《たいきん》になるように、小《ちい》さいことをバカにするのはよくないことだ。また、親《おや》や先生《せんせい》が見《み》ていなくても、やるべきことはやる。自分《じぶん》が期待《きたい》した通《とお》りの成果《せいか》がでなくても投《な》げ出《だ》さず、努力《どりょく》を続《つづ》ける。

一見《いっけん》、簡単《かんたん》なように思《おも》えるけど、実際《じっさい》に行《おこな》うとなるとなかなかむずかしいことばかり。だからこそ、やってみよう。きみが立派《りっぱ》な人《ひと》になるために必要《ひつよう》なことだから。

いい結果《けっか》を出《だ》したいなら

先《さき》の不安《ふあん》と過去《かこ》の失敗《しっぱい》は考《かんが》えず、目《め》の前《まえ》のことを真剣《しんけん》に。

書《か》き下《くだ》し文《ぶん》

未《いま》だ就《な》らざるの功《こう》を図《はか》るは、已《すで》に成《な》るの業《ぎょう》を保《たも》つに如《し》かず。既往《きおう》の失《しつ》を悔《く》ゆるは、将来《しょうらい》の非《ひ》を防《ふせ》ぐに如《し》かず。（前集80）

不安《ふあん》と後悔《こうかい》は何《なん》の役《やく》にも立《た》たない

第一志望《だいいちしぼう》の学校《がっこう》の入学試験《にゅうがくしけん》には合格《ごうかく》するかなあ？　落《お》ちたら、どうなる？　みっともないし、いやだなあ、というように見《み》えない将来《しょうらい》のことは不安《ふあん》になるよね。また、起《お》こってしまった出来事《できごと》を後悔《こうかい》して、「あの時《とき》、ああしていれば……」などとよく考《かんが》えてしまうことはないかな。

洪自誠《こうじせい》せんせいは、将来《しょうらい》の仕事《しごと》がどうなるかを考《かんが》えるより、今《いま》やっている仕事《しごと》を続《つづ》けることのほうが大事《だいじ》、また、過去《かこ》の失敗《しっぱい》を後悔《こうかい》するより、将来《しょうらい》の失敗《しっぱい》を防《ふせ》ぐほうが重要《じゅうよう》だと言《い》っている。見《み》えない将来《しょうらい》の心配《しんぱい》をしたり、過去《かこ》の失敗《しっぱい》を後悔《こうかい》しても意味《いみ》がない、ということだ。

いま、きみがやるべきことは、目《め》の前《まえ》のことに真剣《しんけん》に取《と》り組《く》むこと。試験《しけん》に不安《ふあん》があるなら、勉強《べんきょう》に打《う》ち込《こ》んだほうがいい。目《め》の前《まえ》のことに真剣《しんけん》になることで、将来《しょうらい》の不安《ふあん》や過去《かこ》への後悔《こうかい》といったつまらない感情《かんじょう》が離《はな》れてゆくよ。

あきらめたくなったら

自分《じぶん》が目標《もくひょう》とする
人《ひと》のことを思《おも》えば、
まだまだ、きみも
がんばれるよ。

書《か》き下《くだ》し文《ぶん》

心《こころ》やや怠荒《たいこう》せば、便《すなわ》ち我《われ》より勝《まさ》れるの人《ひと》を思《おも》えば、則《すなわ》ち精神《せいしん》自《おの》ずから奮《ふる》わん。
（前集212）

憧《あこが》れの人《ひと》もがんばっている

がんばることに疲《つか》れて、息切《いきぎ》れする時《とき》もあるかもしれない。そんな人《ひと》に向《む》けて、洪自誠《こうじせい》せんせいは「やる気《き》を失《うしな》いかけて気《き》もちがへこたれた時《とき》は、自分《じぶん》より優《すぐ》れた人《ひと》のことを思《おも》い出《だ》しなさい、やる気《き》が出《で》てくるよ」と言《い》っているよ。

きみにも憧《あこが》れというか、目標《もくひょう》としている人《ひと》がいるだろう。その人《ひと》のどんな所《ところ》が好《す》きなのかな。その人《ひと》は勉強《べんきょう》やスポーツなど何《なに》かにものすごく秀《ひい》でてカッコいいんだろう。それがきみをひきつけるんだろう。

ただ、その人《ひと》だって、最初《さいしょ》から、いまのレベルだったわけじゃない。もちろん、生《う》まれながらに能力《のうりょく》に恵《めぐ》まれた人《ひと》はいる。けれども、憧《あこが》れの人《ひと》もコツコツ努力《どりょく》をしてがんばったから、いまのようにすごくなっているんだ。あの人《ひと》もがんばっていると思《おも》えば、きみもまだまだがんばれるはずだ。

苦手《にがて》なことはしたくない

苦《くる》しんでえたものほど色《いろ》あせずに、その価値《かち》がずっと長《なが》く続《つづ》くもの。

書《か》き下《くだ》し文《ぶん》

一苦一楽《いっくいちらく》、相磨練《あいまれん》し、練極《れんきわ》まりて福《ふく》を成《な》すものは、その福始《ふくはじ》めて久《ひさ》し。
（前集74）

「苦労《くろう》」って悪《わる》いことばかりじゃない

きみが算数《さんすう》が苦手《にがて》だとして、電卓《でんたく》を使《つか》えばすぐに正解《せいかい》が出《だ》せるかもしれない。でも、時間《じかん》がかかって自分《じぶん》で導《みちび》き出《だ》した時《とき》の感激《かんげき》は、電卓《でんたく》ですぐに答《こた》えがわかった時《とき》よりも大《おお》きいんじゃないかな。

洪自誠《こうじせい》せんせいは、「苦《くる》しんだり楽《たの》しんだりして時間《じかん》をかけてえたものほど、その喜《よろこ》びは長続《ながつづ》きする」と教《おし》えているよ。誰《だれ》かに与《あた》えられるより、自分《じぶん》で努力《どりょく》して手《て》に入《い》れたもののほうが、感動《かんどう》も大《おお》きいのはこのため。

これは勉強《べんきょう》だけの話《はなし》ではない。何事《なにごと》にもいえることなんだ。もし、野《や》球《きゅう》が上手《じょうず》になりたいという願《ねが》いがあるとしよう。バッティングが苦手《にがて》だという思《おも》いがあっても、何《なに》もしなければ今《いま》のきみのままだよ。それなら、毎日《まいにち》素振《すぶ》りをするなど、小《ちい》さい努力《どりょく》でいいので積《つ》み重《かさ》ねてみよう。そうやってきみがコツコツと身《み》につけたものは、誰《だれ》にもうばえないきみだけの宝物《たからもの》になるんだよ。

コラム

洪自誠《こうじせい》せんせいは何《なに》をしていた人？

洪自誠《こうじせい》はその本名《ほんみょう》を応明《おうめい》といい、「自誠《じせい》」というのは大人《おとな》になってから付《つ》けられた名前《なまえ》だ。いま残《のこ》っているわずかな資料《しりょう》から考《かんが》えられるのは、洪自誠《こうじせい》とは当時《とうじ》の士大夫《したいふ》という知識階級《ちしきかいきゅう》の人《ひと》であったことだ。士大夫《したいふ》とは、読《よ》み書《か》きができて、官僚《かんりょう》という国《くに》の役人《やくにん》になる資格《しかく》を持《も》った人《ひと》たちのことをいう。洪自誠《こうじせい》は、若《わか》い時《とき》から学問《がくもん》を勉強《べんきょう》して役人《やくにん》であったことがわかっている。ただ、役人《やくにん》としては、上《うえ》の地位《ちい》までのぼりつめた人《ひと》ではなく、あまりたいした出世《しゅっせ》はしなかった人《ひと》だと考《かんが》えられているんだ。

洪自誠《こうじせい》は、早《はや》い時期《じき》に役人《やくにん》を引退《いんたい》した人《ひと》だといわれている。40ページのコラムで紹介しているように、当時《とうじ》は官僚《かんりょう》や政治家《せいじか》の堕《だ》落《らく》がひどく、権力争《けんりょくあらそ》いに巻《ま》き込《こ》まれるのがイヤになったのが理由《りゆう》だとされているんだ。引退後《いんたいご》は、静《しず》かに自然《しぜん》に親《した》しみながら、のんびり暮《く》らしたのではないかということだ。

第《だい》4章《しょう》

失敗《しっぱい》してしまった時《とき》

だれしも、みんな失敗《しっぱい》をする。失敗《しっぱい》すると落《お》ち込《こ》むかもしれない。だけど、そこで何《なに》がいけなかったかを気《き》づくことできみが成長《せいちょう》できるんだ。この章《しょう》を読《よ》めばそれがわかるよ。

思《おも》いどおりにいかなかったら

希望《きぼう》がかなわなくても、心配《しんぱい》したり、くよくよしない。

付《つ》き合《あ》ってください
ごめんなさい…

書《か》き下《くだ》し文《ぶん》

払意《ふつい》を憂《うれ》うることなかれ。（前集199）

「思《おも》いどおりにならない」ことを知《し》る

ひと言《こと》で、「失敗《しっぱい》」といってもいろいろなものがあるよね。自分《じぶん》の望《のぞ》みが、うまくかなわなかったことも失敗《しっぱい》だ。野球部《やきゅうぶ》のレギュラーになれなかったとか、希望《きぼう》の学校《がっこう》に入《はい》れなかったとか。望《のぞ》みがかなわなければ、がっかりしたり、落《お》ち込《こ》むのは当然《とうぜん》のことだ。

でも、洪自誠《こうじせい》せんせいは、「思《おも》いどおりにならないことを気《き》にしすぎてはいけない」と教《おし》えているんだ。

じつは、思《おも》いどおりにならないことというのは、生《い》きていれば、これからの人生《じんせい》によく起《お》こることだ。きみの両親《りょうしん》や周《まわ》りの大人《おとな》も思《おも》いどおりにならないことをたくさん経験《けいけん》してきている。言《い》いかえれば、世《よ》の中《なか》は思《おも》いどおりにならないのが当然《とうぜん》なんだ。だから、思《おも》いどおりにいかなかったことを気《き》にしすぎたり、心配《しんぱい》しすぎてはいけない。それより、いま自《じ》分《ぶん》にできることを一生懸命《いっしょうけんめい》にやるほうが大事《だいじ》なんだよ。

計画《けいかく》がうまくいかない時《とき》

物事《ものごと》がいきずまり、へこたれた時《とき》は、初心《しょしん》に戻《もど》って考《かんが》えるといい。

書《か》き下《くだ》し文《ぶん》

事窮《こときわ》まり勢蹙《せいちぢ》まるの人《ひと》は、当《まさ》にその初心《しょしん》を原《たず》ぬべし。（前集30）

最初《さいしょ》の新鮮《しんせん》な気《き》もちを振《ふ》り返《かえ》って

将来《しょうらい》、海外《かいがい》に留学《りゅうがく》したいから、英語《えいご》の勉強《べんきょう》をしようなど新《あたら》しいことを始《はじ》める時《とき》は、やる気《き》マンマンだよね。

最初《さいしょ》はまじめな気《き》もちで取《と》り組《く》むけど、少《すこ》しずつなまけぎみになったり、うまくいかないと投《な》げ出《だ》したくなったりするものだ。それは時間《じかん》がたったため。洪自誠《こうじせい》せんせいは物事《ものごと》にいきずまって、気《き》もちがへこたれた時《とき》は、最初《さいしょ》にそのことをやろうと思《おも》った時《とき》の気《き》もち「初心《しょしん》」に戻《もど》りなさいといっている。

なぜ、最初《さいしょ》にそのことをやろうとしたのか？　目的《もくてき》は？　自分《じぶん》はどんなふうになりたかったのか？　自分《じぶん》のため？　それとも、誰《だれ》かを喜《よろこ》ばせるため？　最初《さいしょ》に決《き》めた時《とき》の気《き》もちや理由《りゆう》を思《おも》い出《だ》してごらん。心《こころ》をときめかせるワクワクしたものだったはず。最初《さいしょ》の気《き》もちを思《おも》い出《だ》せば、もう一回《いっかい》、新《あたら》しく出発《しゅっぱつ》することができるよ。

ケンカをしちゃったら

自分《じぶん》のしたことを
反省《はんせい》すれば、
大《おお》きく
成長《せいちょう》できるよ。

書《か》き下《くだ》し文《ぶん》

己《おのれ》を反《かえり》みる者《もの》は、事《こと》に触《ふ》れて皆薬石《みなやくせき》と成《な》る。（前集146）

自分《じぶん》の言葉《ことば》や行動《こうどう》のチェックを

この前《まえ》、こんなことがあった。A君《くん》が友《とも》だちのB君とケンカをした。きっかけは大《たい》したことではなかったのだけど、A君《くん》がきついことを言《い》ったら、B君《くん》もいやな言葉《ことば》を言《い》い返《かえ》した。A君《くん》は泣《な》きそうになった。最初《さいしょ》にひどいことを言《い》ったのはA君《くん》だから、B君《くん》は悪《わる》くないと思《おも》うかな?

洪自誠《こうじせい》せんせいは、「自分《じぶん》の行動《こうどう》や言葉《ことば》を反省《はんせい》する気《き》もちがある人《ひと》は、すべての出来事《できごと》が自分《じぶん》にとって薬《くすり》になる」と教《おし》えている。B君《くん》が言《い》い返《かえ》しさえしなければ、A君《くん》は泣《な》きそうにならずにすんだかもしれない。そう考《かんが》えれば、B君《くん》にも悪《わる》い所《ところ》があるよね。

友《とも》だちとケンカをしたり、何《なに》かがあった時《とき》、相手《あいて》のせいにすることは簡単《かんたん》だ。でも、常《つね》に自分《じぶん》の言《い》った言葉《ことば》や行動《こうどう》を振《ふ》り返《かえ》り、「自分《じぶん》に悪《わる》い所《ところ》はなかったか」とよく考《かんが》えるようにしてみよう。そういう気《き》もちがきみを成長《せいちょう》させたり、人《ひと》と仲《なか》よくするために重要《じゅうよう》なんだよ。

人《ひと》の成功《せいこう》がうらやましいなら

あせらない、勝負《しょうぶ》する時《とき》に備《そな》えて、いまは力《ちから》をたくわえる。

書《か》き下《くだ》し文《ぶん》

伏《ふ》すこと久《ひさ》しきものは、飛《と》ぶこと必《かなら》ず高《たか》く、開《ひら》くこと先《さき》なるものは、謝《しゃ》すること独《ひと》り早《はや》し。（後集77）

この先《さき》、まだまだチャンスはある

きみの仲《なか》のいい友《とも》だちのA君《くん》は志望校《しぼうこう》に合格《ごうかく》した。けれども、きみは第一志望《だいいちしぼう》は落《お》ち、第二志望《だいにしぼう》の学校《がっこう》に行《い》くことになった。きみは「A君《くん》がうらやましい。なんだかちょっとねたましい」と言《い》う。でも、一度《いちど》や二度《にど》、失敗《しっぱい》したくらいで、「自分《じぶん》はだめだ」と思《おも》う必要《ひつよう》はないよ。

なぜなら、チャンスはまだたくさんある。洪自誠《こうじせい》せんせいは、「長《なが》く羽《はね》を休《やす》めていた鳥《とり》が飛《と》び立《た》てば、ほかの鳥《とり》よりもずっと高《たか》く飛《と》べる。早《はや》く咲《さ》く花《はな》は、ほかの花《はな》よりも早《はや》く散《ち》ってしまう」と教《おし》えている。誰《だれ》しも、飛《と》び立《た》ったり、花《はな》が咲《さ》く時期《じき》がある。けれども、その時期《じき》は人《ひと》によって違《ちが》う。大事《だいじ》なのは、その時《とき》に備《そな》えて力《ちから》を蓄《たくわ》えておくことなんだ。

そう考《かんが》えれば、先《さき》に望《のぞ》みがかなったA君《くん》をうらやむことはないとわかるだろう。A君《くん》には素直《すなお》に「おめでとう」と言《い》い、いままで通《どお》り、友《とも》だちとして接《せっ》すればいい。大事《だいじ》なのはきみが力《ちから》をつけることだ。

友《とも》だちが失敗《しっぱい》したら

友《とも》だちの失敗《しっぱい》を
注意《ちゅうい》する時《とき》は、
よかった点《てん》も
必《かなら》ず伝《つた》えよう。

気《き》にしないで！
サーブはすごく
よかったよ
スマッシュを
ちゃんと決《き》めていれば…

書《か》き下《くだ》し文《ぶん》

人《ひと》を責《せ》むる者《もの》は、無過《むか》を有過《ゆうか》の中《うち》に原《たず》ぬれば、則《すなわ》ち情平《じょうたい》らかなり。
（前集218）

注意《ちゅうい》する時《とき》も、あたたかい気《き》もちを

友《とも》だちの失敗《しっぱい》で大事《だいじ》な試合《しあい》に負《ま》けたとなれば、「なんであんなことをやったんだ！」と、友《とも》だちが許《ゆる》せないだろう。友《とも》だちを責《せ》めたくなるのは当然《とうぜん》の気《き》もちかもしれない。

洪自誠《こうじせい》せんせいは、失敗《しっぱい》した人《ひと》を注意《ちゅうい》する時《とき》の言《い》い方《かた》についてこんなふうに書《か》いている。「失敗《しっぱい》した人《ひと》を責《せ》める時《とき》は、よかった部分《ぶぶん》も探《さが》し出《だ》してあたたかい目《め》で見《み》てやりなさい。そうすると責《せ》められた人《ひと》も心《こころ》が落《お》ち着《つ》き、きみの言《い》うことを聞《き》いてくれるよ」と。

友《とも》だちはわざと失敗《しっぱい》したわけじゃない。失敗《しっぱい》した友《とも》だちがいちばんつらい思《おも》いをしている。それなのに、一方的《いっぽうてき》に責《せ》められたら、心《こころ》を閉《と》ざしてきみを嫌《きら》いになってしまう。友《とも》だちを大事《だいじ》にする気《き》もちがあるなら、どんな時《とき》も相手《あいて》の心《こころ》を思《おも》いやろう。「結果《けっか》は残念《ざんねん》だったね。でもきみはいつもがんばっていたよ」と言《い》ってあげればいい。

グループの子《こ》がミスしたら…

失敗《しっぱい》は人《ひと》と一緒《いっしょ》に
責任《せきにん》をとろう。
成功《せいこう》したことは
ひとりじめしない。

書《か》き下《くだ》し文《ぶん》

当《まさ》に人《ひと》と過《か》を同《おな》じくすべく、当《まさ》に人《ひと》と功《こう》を同《おな》じくすべからず。（前集141）

成功《せいこう》は「周《まわ》りのおかげ」と言《い》おう

きみのいるグループが失敗《しっぱい》をして怒《おこ》られることになった。失敗《しっぱい》の原因《げんいん》は、友《とも》だちのしたことだ。でも、先生《せんせい》が友《とも》だちを怒《おこ》ろうとしたら、「ぼくにも責任《せきにん》があります」と言《い》って一緒《いっしょ》に怒《おこ》られよう。

洪自誠《こうじせい》せんせいは、「失敗《しっぱい》は人《ひと》と一緒《いっしょ》になって責任《せきにん》をとりなさい、でも成功《せいこう》した時《とき》は、成功《せいこう》をひとりじめしてはいけない」と教《おし》えている。これはグループとか共同作業《きょうどうさぎょう》の時《とき》に、とても役立《やくだ》つ教《おし》えなんだ。

きみひとりではできないことも、チームになればできることがたくさんある。それはみんなが力《ちから》を合《あ》わせているからだ。すごいのはきみではなく、チームのみんなだ。そう思《おも》えば、誰《だれ》かが失敗《しっぱい》して怒《おこ》られている時《とき》、自分《じぶん》も一緒《いっしょ》になって謝《あやま》ろうと思《おも》うだろう。もしチームが優勝《ゆうしょう》したり、ほめられた時《とき》は、「ぼくではなく、みんながんばったおかげです」と言《い》おう。自分《じぶん》より、周《まわ》りの人《ひと》を前《まえ》に出《だ》すようにしよう。

コラム

日本《にほん》で大人気《だいにんき》になった『菜根譚《さいこんたん》』

最初《さいしょ》、中国《ちゅうごく》で『菜根譚《さいこんたん》』という本《ほん》が出《で》た時《とき》は、作者《さくしゃ》である洪自誠《こうじせい》が有《ゆう》名《めい》な人《ひと》でなかったためだろう、あまり注目《ちゅうもく》をされなかったと言《い》われる。

その後《ご》、２００年《ねん》ほどたって『菜根譚《さいこんたん》』は再発見《さいはっけん》され、評価《ひょうか》をされることになる。

日本《にほん》に『菜根譚《さいこんたん》』が伝《つた》わったのは、中国《ちゅうごく》で再発見《さいはっけん》されたのと同《おな》じころだと言《い》われている。

石川県《いしかわけん》の金沢藩《かなざわはん》にいた学者《がくしゃ》が江戸《えど》（今《いま》の東京《とうきょう》）に留学《りゅうがく》していた時《とき》に『菜根譚《さいこんたん》』を発見《はっけん》、その内容《ないよう》の深《ふか》さにすごく感動《かんどう》したと伝《つた》えられているよ。

日本《にほん》で『菜根譚《さいこんたん》』の本《ほん》は、１８２２年《ねん》に出版《しゅっぱん》される。すると、たちまち、多《おお》くの人《ひと》の心《こころ》を動《うご》かし、大人気《だいにんき》になったという。

その後《ご》、名経営者《めいけいえいしゃ》といわれる松下幸之助《まつしたこうのすけ》氏《し》、有名政治家《ゆうめいせいじか》の田中角栄《たなかかくえい》氏《し》、有名《ゆうめい》な野球監督《やきゅうかんとく》である川上哲治《かわかみてつはる》氏《し》、野村克也《のむらかつや》氏《し》など、すごい人《ひと》たちが、「大事《だいじ》に読《よ》んでいる1冊《さつ》」だと世間《せけん》に広《ひろ》く言《い》うようになった。

『菜根譚《さいこんたん》』の何《なに》が人《ひと》の心《こころ》を動《うご》かすんだろう。『菜根譚《さいこんたん》』の原文《げんぶん》は短《みじか》く、簡潔《かんけつ》な文章《ぶんしょう》だ。でも、その短《みじか》い文章《ぶんしょう》に人《ひと》の心《こころ》の微妙《びみょう》な動《うご》き、いい人間《にんげん》関係《かんけい》をつくるにはどう振《ふ》る舞《ま》うべきか、といった大切《たいせつ》なことがズバリ書《か》いてある。大《おお》きな仕事《しごと》をする人《ひと》は、リーダーとして大勢《おおぜい》の人《ひと》と仕事《しごと》をすることが多《おお》い。たくさんの人《ひと》の心《こころ》をひとつにまとめて、目的《もくてき》を達成《たっせい》するには、いい人間関係《にんげんかんけい》をつくることがものすごく大事《だいじ》になるんだ。そのため、『菜根譚《さいこんたん》』は『リーダーの書《しょ》』とも言《い》われているんだよ。

おわりに

ここまで『菜根譚《さいこんたん》』の教《おし》えを読《よ》んでどうだったかな？　この本《ほん》で『菜根譚《さいこんたん》』のことをはじめて知《し》ったという子《こ》もいるよね。『菜根譚《さいこんたん》』は大人《おとな》より、むしろきみのような若《わか》い世代《せだい》に読《よ》んでほしいものだ。これからの人生《じんせい》で、必《かなら》ず役《やく》に立《た》つものがあるはずだから。

これから、きみはいろいろな子《こ》と出会《であ》うだろう。なかにはすぐ仲《なか》よくなれる子《こ》もいれば、そうでない子《こ》もいるだろう。仲《なか》のいい子《こ》とだけ一緒《いっしょ》にいられればいいけど、残念《ざんねん》ながらそうはいかない。あまり仲《なか》がよくなかったり、苦手《にがて》に感《かん》じる子《こ》とも一緒《いっしょ》に何《なに》かをしなければいけない時《とき》がくるものだ。

きみが相手《あいて》を「苦手《にがて》だなあ」と思《おも》うと、それが相手《あいて》にも伝《つた》わってしまう。

そんな時《とき》は、『菜根譚《さいこんたん》』の「自分《じぶん》から話《はな》しかけたり親切《しんせつ》にすると仲《なか》よくなれる」という教《おし》えを思《おも》い出《だ》してほしい。

特別《とくべつ》なことはしなくていいんだ。にこにこして、笑顔《えがお》で話《はな》しかけるだけでいい。話《はな》しかけても知《し》らんぷりをされると、人《ひと》の心《こころ》はすぐにきずついてしまう。でも、にこにこして笑顔《えがお》で話《はな》しかけていれば、きみにはいい友《とも》だちがたくさんできるよ。

いい友《とも》だちは、きみの心《こころ》の支《ささ》えになってくれる。みんな「幸《しあわ》せになりたい」と思《おも》って生《い》きている。けれども、人生《じんせい》のなかでは、うれしいことだけではなく、悲《かな》しいこともつらいことも起《お》こる。そんな時《とき》、いい友《とも》だちがいれば、乗《の》りこえることができるものなんだ。みんなが『菜根譚《さいこんたん》』の教《おし》えを生《い》かしてよい人生《じんせい》を送《おく》れることを願《ねが》っているよ。

愛知教育大学名誉教授《あいちきょういくだいがくめいよきょうじゅ》
皇學館大学名誉教授《こうがくかんだいがくめいよきょうじゅ》　野村茂夫《のむらしげお》

［監修］野村茂夫（のむら しげお）

1934年、岐阜県生まれ。58年、大阪大学文学部哲学科中国哲学専攻卒業。63年、同大学大学院文学研究科博士課程単位修得退学。大阪大学助手、愛知教育大学助教授をへて、愛知教育大学教授に。87年退官、名誉教授に。その後、皇學館大学教授を務め、2006年退任。名誉教授に。現在はNHK文化センター講師などを務める。著書に『老子・荘子』（角川ソフィア文庫）、『荘子』（講談社）、『中国思想文選』（共編・学術図書出版社）など。監修書に『論語エッセイ』、『ビジネスに役立つ論語』、『ビジネスに役立つ菜根譚』（いずれもリベラル社）など。

参考文献 『菜根譚』（岩波文庫）／『菜根譚』（講談社学術文庫）ほか

イラスト オオノマサフミ
装丁デザイン 宮下ヨシヲ（サイフォン グラフィカ）
本文デザイン 渡辺靖子（リベラル社）
編集 山浦恵子（リベラル社）
編集人 伊藤光恵（リベラル社）
営業 中村圭佑（リベラル社）

編集部 廣江和也・鈴木ひろみ
営業部 津田滋春・廣田修・青木ちはる・三田智朗・三宅純平・栗田宏輔・野沢都子

みんなと仲よくなる 菜根譚

2016年9月28日 初版

発行者 隅田 直樹
発行所 株式会社 リベラル社
〒460-0008 名古屋市中区栄3-7-9 新鏡栄ビル8F
TEL 052-261-9101 FAX 052-261-9134 http://liberalsya.com
発 売 株式会社 星雲社
〒112-0005 東京都文京区水道1-3-30
TEL 03-3868-3275

 ISBN978-4-434-22475-1